¡FELIZ CUMPLEAÑOS, PEQUEÑO TIGRE!

4ª Edición

Título original: *Riesenparty für den Tiger*
Traducción: Antonio Martín de Diego

CUARTA EDICIÓN

©1989 Diogenes Verlag AG Zürich
©1995 EDICIONES GAVIOTA, S. L.
Manuel Tovar, 8
28034 MADRID (España)
ISBN: 84–392–8409-8

Depósito legal: LE. 1.011-2004
Printed in Spain – Impreso en España
Editorial Evergráficas, S. L.
Carretera León – La Coruña, km 5
LEÓN (España)

JANOSCH

¡FELIZ CUMPLEAÑOS, PEQUEÑO TIGRE!

La historia de cómo el pequeño

tigre celebró su cumpleaños

Ediciones Gaviota

Una vez le dijo el pequeño tigre al osito:

–Mañana es mi cumpleaños y pienso hacer una fiesta para celebrarlo.

–¡Oh! ¡Una fiesta! –grito el osito–. ¡Qué bien!

Entonces, sacó la caña de pescar del río, quitó el gusano del anzuelo y le regaló la vida.

Günter, la rana que siempre arras-

5

tra el patito-de-madera-con-rayas-de-tigre, croó y dijo:

–¿Qué habéis dicho? ¿Que vais a hacer una fiesta? ¡Yo también me apunto!

Y sacó el patito del agua.

El osito remó hasta la orilla del río y dejó la barca en tierra. En la orilla también estaba Pato el músico lavando su acordeón.

¿Adónde vais, chicos? –les preguntó Pato.

–A la gran fiesta del pequeño tigre, dice que es su cumpleaños
–croó Günter, la rana que siempre
arrastra el patito-de-madera-con-rayas-de-tigre, y siguieron andando.
–Sin música, una fiesta no es una
fiesta –les dijo Pato. Escurrió el agua
del acordeón y corrió tras ellos.

Cuando llegaron a casa, el pequeño tigre les dijo:

–Podéis quedaros aquí hasta que empiece la fiesta de mañana.

El osito preparó una cena exquisita, patatas a la crema con mantequilla y ensalada de cebolleta.

Para unos había de postre mermelada de frambuesa, y para los otros, entre los que estaba la rana Günter, la que siempre arrastra el patito-de-madera-con-rayas-de-tigre, había mosquitos a la brasa con azúcar en polvo.

–¡Ah, solamente de oírlo se nos hace la boca agua!

Después se quedaron dormidos
en el cómodo sofá. Debajo del todo
estaba el osito blandito; encima de
él estaba el pequeño tigre, también
bastante blandito; encima del tigre
estaba Pato, que era como una al-
mohada, y encima de los tres estaba Günter, la rana que siempre
arrastra el patito-de-madera-con-ra-

yas-de-tigre. Y por fin, encima de todos estaba el acordeón. Por la noche, alrededor de las cuatro de la mañana, se despertó el osito:

–¡Oye, pequeño tigre!, ¿qué es una fiesta?

–Pues es un lugar donde todo el mundo está bailando y pasándolo bien –le dijo el pequeño tigre, y siguió durmiendo.

–¡Ah, sí, ya sé! –dijo el osito, y se quedó nuevamente dormido.

Alrededor de las seis de la mañana, el osito se despertó otra vez y le preguntó:

–¿Y qué va a haber para beber, pequeño tigre?

–Gaseosa de ganso –le dijo el pequeño tigre.

Así que llamaron inmediatamente a Tía Gansa por teléfono.

El teléfono estaba hecho con la manguera del jardín.

Hablaban por un embudo que habían puesto en la manguera, que estaba metida en la tierra y pasaba por la central de teléfonos de los topos.

–Habla la central de teléfonos de los topos llamada PANAMÁ; la línea está libre; ¿con quién quiere hablar, caballero?

–Con Tía Gansa –dijo el osito por el auricular.

–Espere unos segundos que le pasamos la llamada. Ya pueden hablar.

En casa de Tía Gansa, la manguera del jardín salía de la tierra y se metía por la ventana. El embudo era el auricular del teléfono.

–Sí, dígame, ¿quién es?

–Soy el oso...

–¿Qué oso? ¿El gran oso del bosque, o el doctor Thomas, el oso, a quien conozco muy bien?

–No, no –le dijo el osito–. Soy el oso normal, **nuestro** oso, **vuestro** oso, el **osito**...

–¡Ah! El osito. Ya sé quién eres. ¿Cómo te va? ¿Habéis pescado algo? ¿Está el pequeño tigre en casa? ¿Cómo está el tiempo? Yo tengo puesto el pijama, ya que todavía estoy en la cama. Pero no importa...

–Vamos a dar una fiesta –dijo el osito–. El pequeño tigre dice que es su cumpleaños...

–¿Una fiesta? –exclamó Tía Gansa–. Entonces llevaré inmediatamente un carrito lleno de gaseosa de ganso...

Se levantó de la cama, llenó el carrito de gaseosa de ganso y se fue en dirección a la casa del pequeño tigre. El trayecto lo hizo medio corriendo medio volando por encima de los campos.

Mientras tanto, el osito hizo una lista de invitados.

–El cerdito –dijo el pequeño tigre–, el guardabosques, el señor Grimmel, el gran oso del bosque, la liebre Baldrián, el gran elefante gris... En total, cien invitados.

Escribieron las invitaciones a toda prisa, las metieron en cien sobres, escribieron cien direcciones y pusieron cien sellos en las cartas. Metieron las cartas en la cartera, después la cartera en la barca y con la barca pasaron al otro lado del río. Echaron las cartas

en cada uno de los buzones. Eso fue mucho trabajo para el osito.

Debajo de la tierra, junto a los cables del teléfono, tenía su casa el feliz topo, y Gaspar el charlatán, que venía de Villaagua, estaba de visita en su casa.

Medio en sueños, Gaspar el charlatán había oído lo que el osito le había dicho a Tía Gansa por teléfono.

–¡Topo! ¡Que hay una fiesta en casa del pequeño tigre! –le dijo.

–Entonces tenemos que ir inmediatamente hacia allí. Me encantan

las fiestas, porque puedo hablar con todo el mundo.

La liebre, que tiene unos zapatos muy rápidos, se había quedado dormida detrás del buzón esperando el correo. Ella hacía de cartero. Vaciaba el buzón de cartas y las repartía a toda velocidad. Había una para el zorro y otra para el ganso.

Y por fin llegaron todos a la fiesta.

Por un lado del camino venían el león con un pantalón azul y Gaspar el charlatán con una gorra amarilla.

También venían la gallina con el huevo y las dos ranas del bosque que se llaman Hinzi y Kunzi, Schnuddel y su caballito, el hombre de la nariz larga y el gigantesco elefante sonriente.

Todos llevaban algo de beber.

Mientras tanto, el pequeño tigre
juntó las cazuelas que tenía en casa.
El osito fue a buscar patatas al cam-
po y comenzaron a hacer una sopa
de verdura y cebolla, ya que los in-

vitados tenían que comer. Y también porque los invitados siempre tienen hambre.

Por el otro lado del camino venían otros invitados. Por arriba y por en-

cima de todos venía volando el ca-
nario, y por abajo venía el perro sal-
vaje con sus amigos y todos los
otros animales y animalitos que ya
conocemos.

–Yo siempre llevo conmigo el saco

de dormir –dijo el burro viajero de Mallorca–. ¿Y usted, señor?

–No lo necesito –gruñó el gran oso del bosque–. Los que tenemos tanto pelo no necesitamos ningún saco de dormir.

El primero que entró fue el elefante sonriente, que llevaba una cesta con limonada del bosque.

Después entró Tía Gansa con su carro, luego el gran oso del bosque. Detrás de él, entró el guardabosques, el señor Grimmel, y en un abrir y cerrar de ojos la casa estaba llena de gente.

El pequeño tigre empezó a tocar el violín con el cazo de la sopa, pero

el osito no oía nada porque alguien se había sentado encima de sus orejas.

Tía Gansa invitó al gran oso del bosque a su casa para comer una tarta el domingo siguiente.

Gaspar, el de la gorra, estaba dormido debajo de la mesa y los perros salvajes se comieron toda la sopa.

El burro viajero de Mallorca le dijo al hombre de la nariz grande:

—¡Véngase conmigo a Mallorca! Allí cogemos una habitación doble y

así ahorramos cada uno la mitad del precio de la habitación.

–¿Cuánto nos ahorramos cada uno? –preguntó el hombre de la nariz larga.

–La mitad del precio –le dijo el burro viajero.

–Entonces, me apunto.

En las fiestas siempre se pueden hacer con facilidad nuevos amigos que nos pueden ayudar a ahorrar dinero.

El zorro se enamoró de la patita y empezó a entonar una canción de amor.

La patita también se enamoró del zorro y, tan locamente, que perdió la cabeza por él.

Todo esto es lo que puede pasar en una fiesta.

Tan sólo a Günter, la rana que siempre arrastra el patito-de-madera-con-rayas-de-tigre, no le gustaba mucho la fiesta. Andaba colgado

por cualquier parte y no estaba contento. Quería que la fiesta estuviera más animada. Que fuese una fiesta con mucha marcha y con mucho ritmo, como dicen las ranas.

Entonces se fue al jardín, cogió la manguera, la metió por un agujero de la puerta trasera y abrió el grifo de agua. Y, en un santiamén, la casa se llenó de agua por todas partes.

Eso fue una alegría para todos los invitados.

–¡Igual que en el Mediterráneo! –exclamó el burro viajero de Mallorca–. Se puede nadar.

Y bailar.

Y bucear.

Pato el músico y el pequeño tigre seguían tocando para que todo el mundo bailase.

Los que tenían las orejas metidas debajo del agua podían escuchar la música que sonaba y bailar con los pies. Los que no escuchaban la música podían hacer debajo del agua lo que quisiesen.

Gaspar el charlatán le contaba a la liebre Baldrián:

–Villaagua..., Villaagua es tan bonito como esto. Todo está debajo o por encima del agua, depende del lugar donde uno se encuentre...

El último en llegar a la fiesta fue el macho cabrío Waldschmidt vestido con frac. Se había quedado dormido y además se había entretenido

un poco por el camino. Llegó con ocho horas de retraso.

Estuvo llamando a la puerta y nadie le abría. Entonces se decidió a abrirla él mismo y el agua salió como si fuese un río.

Los invitados salieron nadando por el río y ya no tuvieron que ir a casa andando. Algunos de ellos fueron hasta sus casas nadando y otros tuvieron que caminar un poco.

–¡Fue una fiesta inolvidable! –le dijo el burro viajero de Mallorca al hombre de la nariz larga–, y además no he tenido que usar mi saco de dormir. Y encima, todo era gratis, ¿verdad, señor?

El osito empezó a buscar los muebles y las cacerolas y la gansa lavó un poco la vajilla.

Por la noche, el pequeño tigre dijo:

–Osito, ahora ya sabes lo que es una fiesta. Y algún día te diré: «Hoy es tu cumpleaños, querido osito, y celebraremos una fiesta»...

–¡Oh, qué bien! –gruñó el osito, y durmió muchas horas seguidas, ya que había tenido que trabajar mucho en la fiesta.

Bueno, entonces hasta la próxima, gente de Panamá. Adiós..., gente de otros lugares.